I am Beautiful

Illustrated by: Amsa Yaro

Eleviv Publishing Group
Ohio | Texas | London | Toronto | Lagos

I am beautiful, just as I am

I am beautiful, just as I am

I am beautiful, just as I am
my hair, my legs, my skin
I'm okay with me

I am beautiful, just as I am

I am beautiful, just as I am
my nose, my eyes, my ears
I'm okay with me

I am beautiful, just as I am

I am beautiful, just as I am
my head, my hand, my toes
I'm okay with me

I am beautiful, just as I am

I am beautiful, just as I am
my teeth, my cheeks, my mouth
I'm okay with me

I am beautiful, just as I am

I am beautiful, just as I am
Everything about me is unique
I'm okay with me

I am beautiful, just as I am

I am beautiful, just as I am
Black, white, yellow, or brown
I'm okay with me

I am beautiful, just as I am

I am beautiful, just as I am
Nothing about me is ordinary
I'm okay with me

the end

To my sons and husband, mom and dad,
and to my sisters and brother
and my nieces and nephews, aunts, uncles and cousins,
all who made me feel like
I can touch the sky and be
whatever I wanted to be
-V.E.O

I Am Beautiful

Illustrated by: Amsa Yaro
Edited by: Nkem DenChukwu
Book Design: Charles Fate (Notch Designs)

Published by:
Eleviv Publishing Group
Ohio | Texas | London | Toronto | Lagos
www.elevivpublishing.com
info@elevivpublishing.com
1-800-353-0635
Ohio | Texas | London | Toronto | Lagos

ISBN:
978-1-952744-16-7
Printed in the United States of America

10 9 8 7 6 5 4 3 2

CPSIA information can be obtained
at www.ICGtesting.com
Printed in the USA
BVHW021033040621
608820BV00008B/245